EL NUEVO PALACIO DEL RETIRO

PEDRO CALDERÓN DE LA BARCA

PERSONAS

<table>
<tr><td>EL REY.</td><td>EL OÍDO.</td></tr>
<tr><td>LA REINA.</td><td>EL JUDAÍSMO.</td></tr>
<tr><td>EL HOMBRE.</td><td>LA FE.</td></tr>
<tr><td>LA VISTA.</td><td>LA ESPERANZA.</td></tr>
<tr><td>EL OLFATO.</td><td>LA CARIDAD.</td></tr>
<tr><td>EL TACTO.</td><td>MÚSICOS.</td></tr>
<tr><td>EL GUSTO.</td><td>*Acompañamiento.*</td></tr>
</table>

Sale el JUDAÍSMO **solo, vestido a lo judío, del carro del Estanque**.

JUDAÍSMO   ¿Dónde voy con errante
paso? ¿Dónde confuso y vacilante
me lleva mi destino,
sin rumbo, sin vereda y sin camino?
Este campo ¿no era
desierta población, desierta esfera
de vides y de olivos,
edificios ayer vegetativos,
donde ufana vivía
la sinagoga de mi Ley Judía?
Pues ¿quién en él tan presto
muros ha fabricado, torres puesto,
cuya altura eminente
empina al orbe de zafir la frente,
y es dórica columna
del cóncavo palacio de la luna?
Su fábrica dorada
en doce piedras se miró fundada.
Doce puertas abiertas
están; al aquilón miran tres puertas,
al austro tres se rompen blandamente,
tres al ocaso y tres hacia el oriente,
y todas doce iguales,
guarnecidas de cándidos cristales
en quien mi Ley conoce
doce vislumbres de mis tribus doce.
¿Qué fábrica ésta ha sido?
¿Para quién, para quién se ha prevenido
esta casa, este templo,
última maravilla sin ejemplo?
Dígasme, ¡oh ciudadano
de ese supremo alcázar soberano!,
¿qué casa hermosa y nueva
la vista turba y el sentido eleva?
Porque saber espera mi cuidado
a qué tierra, a qué campo hoy he llegado,
siguiendo mi destino.

(Sale el HOMBRE **del carro del Palacio.)**

HOMBRE   Solo en Jerusalén, tú, peregrino,
                ¿quién eres, que ignorado
                has de tanto edificio fabricado
                la grandeza eminente?

JUDAÍSMO   Oye, y sabrás quién soy, atentamente,
                que quiero en esta parte
                a que tú me respondas obligarte.
                Yo fui la Ley Natural
                en aquel siglo, en aquel
                candor y yugo sencillo
                de nuestra primera Ley.
                Yo fui la edad primitiva,
                que poseí, que gocé
                sin sobresaltos la paz,
                y sin pensiones el bien.
                Este campo, que poblado
                hoy de fábricas se ve,
                nada pulido era entonces,
                antes de labrarse en él
                una confusión, un caos
                tan informe al parecer
                que no le hiciera tratable
                sino el supremo pincel
                que corrió desde la idea
                del primero ser, sin ser,
                rasgos de su omnipotencia
                y líneas de su poder.
                La segunda obra que hizo,
                dividir las cosas fue,
                y así, porque en sus estancias
                todas por orden estén,
                a las fieras repartió
                la tierra, donde hoy a ver
                se llega la variedad
                de lo hermoso y lo cruel;
                hizo patria de las aves
                al aire vago, por quien
                aladas nubes de pluma
                corren en veloz tropel;
                hizo el piélago del mar
                para los peces, de quien
                ríos y fuentes se miran
                ya morir, o ya nacer.
                Al hombre, que su valido
                y que su privado es,
                hizo alcaide desde entonces
                de este divino vergel;
                del bien y del mal llegó
                en poco tiempo a saber.

Pero ¿cuál privado, cuál
no supo del mal y el bien?
En esta tranquila paz,
mansedumbre y candidez,
Ley Natural, como dije,
algunos siglos pasé,
hasta que por varios casos
de aquel paraíso, de aquel
jardín, me perdí en Egipto,
donde comiendo me hallé
con el báculo en la mano
del manso cordero, en vez
de salsa, con las lechugas
amargas, y siempre en pie
como viador, porque aquesta
es la fiesta de Fasé,
hasta llegar al desierto,
donde me llevó Moisés,
venciendo el Bermejo Mar
que en cristalina pared,
para que pasase yo,
hizo del agua cancel,
amontonando las ondas,
que dejaron de correr,
siendo pasadizo antes
para ser tumba después.
Llegué a Sinaí, monte altivo
que con la frente romper
quiso el cielo, donde yo
de Ley Natural pasé
a estado de Ley Escrita,
cuando en el duro papel
de una piedra, Dios redujo
sus mandamientos a diez
preceptos, siendo su dedo
de su lámina el cincel.
Aquí de su mano grande
con una y otra merced
vi en milagros cada día
repetido su poder.
Las piedras de Rafidín,
sudaron agua a mi sed,
y a mi hambre vi las nubes
cándido maná llover.
De un favor a otro favor,
de un placer a otro placer,
a la deseada Tierra
de la Promisión llegué,
siendo la primer señal
suya, que merecí ver

entre el maná del desierto,
el racimo de Caleb.
De esta manera viví,
de esta manera pasé,
hasta que por un delito
(si delito acaso fue
hacer justicia de un hombre
que hijo de Dios quiso ser),
desterrado de mi patria,
desde aquel punto vagué;
todo el orbe discurrí,
todo el mar peregriné,
y tan mísero, tan triste
que aun las aras donde hacer
los sacrificios me faltan,
porque forzado cerré
la puerta a la Sinagoga,
no porque llego a creer
que es castigo del delito
que cometí, que no fue
aquella sangre vertida
la sangre del justo Abel,
ni la que tiñó la hermosa
vestidura de Josef,
para que pida venganza.
Pero no sé, en fin, no sé
qué hado esquivo, qué rigor
fiero, qué suerte cruel
me persigue desde entonces,
que vivo muriendo; y pues
ya peregrino a tus puertas
de esta manera llegué,
dime, ¿qué palacio es éste
que se labra y para quién?
Descanse yo aqueste instante,
que atento a tu voz esté,
porque de haberme acordado
de tanto perdido bien,
tengo un áspid en el pecho,
y en la garganta un cordel.

HOMBRE   Ley Natural, Ley Escrita,
que una y otra en ti se ven,
pues de una pasaste a otra
Ley, de Gracia no, porque
fue Ley de ti dividida,
que tú no quisiste ser,
pues que tú la repudiaste
soberbio, fiero y cruel,
esta fábrica que miras,

este edificio que ves,
casa real, invicta hoy
y campo desierto ayer,
el palacio que vio Juan
en su Apocalipsi es,
porque ésta es la hermosa y rica
triunfante Jerusalén.
Para su divina esposa,
que es de la Gracia la Ley,
con quien ya está desposado,
la mandó labrar el Rey,
el Rey, cuyo grande nombre,
coronado de laurel,
en griego, por generoso
domador de fieras, fue
Philipo, díganlo cuantas
han registrado a sus pies
lo pintado de la pluma,
lo manchado de la piel;
Rey que del austro nos vino,
de la Fe amante tan fiel
que está incluido en su nombre
el de su dama también,
pues ninguno pronunció
Felipe, sin decir Fe.
Del cuarto planeta el curso
atento a su imperio ves,
por quien ya de cuarto tiene
beldad, luz y rosicler.
Muy buenas señas te he dado;
todas convienen en él,
por Felipe, Austral y Cuarto,
y por galán de la Fe.
Este, pues, juró a su esposa
labrarla una casa en que
tuviese asiento su silla
y autoridad su dosel,
y como fue juramento
de Dios, que hoy cumplido ve,
y juramento de Dios
significa Elisabeth,
Elisabeth es su nombre.
Si cristianísima es,
díganlo las tres Virtudes
teologales de los tres
lirios de sus armas; mira
si en ella convienen bien
lirios por armas, y el nombre
de cristiana y de Isabel.
Ya, pues, que queda asentado

este principio; ya, pues,
que en el esposo y la esposa
no hay duda quién puedan ser,
pues que son Cristo y la Iglesia,
y son la Reina y el Rey,
sabrás que en aquel desierto
campo de tu Escrita Ley,
todo asperezas y todo
peregrinación cruel,
se fundó el Nuevo Palacio,
pues son sus piedras los diez
mandamientos que tu pueblo
en el decálogo lee,
mas con una diferencia,
que allí los leyó Moisés
en hebreo, y hoy aquí
están en latín, porque
San Jerónimo tradujo
su letra; de suerte que
este palacio, esta casa
y nueva fundación, quien
quisiere verla ha de ir
a San Jerónimo, pues
hoy su obra en el Sagrado
San Jerónimo se ve;
esa estancia de las fieras
que la tierra empezó a ser,
esa mansión de las aves,
que lo fue el aire también,
ese piélago del mar
para los peces, de quien
nacen tantas fuentes, todo
prevención entonces fue
para el cumplimiento de ellos,
pues para llegar a ver
rendidos a esta deidad,
postrados a este poder
hoy aves, peces y fieras,
reservó el cielo de aquel
rigor fieras, peces y aves
en el Arca de Noé,
cuando sagrado argonauta
salió del primer bajel.
Y así, en aqueste edificio
de que fue figura aquél,
se mira el Estanque grande
diversas fuentes correr,
se ve el cuarto de las fieras
y el de las aves también,
porque aquí tienen su estancia

la fiera, el ave y el pez.
Ya que la fábrica altiva
toca con el capitel
al cielo, porque triunfante
hoy y militante estén
dadas de las manos, ya
que a conseguir, ya que a ser
llega el cumplimiento de esta
obra el supremo pincel,
del Viejo Palacio, que era
sinagoga de tu Ley
Escrita, la Ley de Gracia
viene llena de placer
al Nuevo Palacio Real
para aposentarse en él,
adonde dicen que hoy
con el Rey ha de comer,
porque en un convite empiezan
las fiestas que se han de hacer.
Aquel cordero que tú
comiste en Egipto en pie,
con las lechugas amargas,
aquí el viático es,
comido con penitencia,
mezclando amargura y miel,
porque esto la letra dice
del Fasé y Parascevé.
Después de cuyo manjar
se han de servir y poner
por vianda aquel rocío
que vio a sus voces llover
cuajado sobre la hierba
el justo pastor de Horeb;
el cristal de Rafidín,
y el racimo de Caleb,
exprimido en el lagar
hoy de Isaías, porque
todas las fatigas cesen
de la hambre y de la sed.
Las calles por donde vienen
a sus plantas florecer
verás en púrpura y nieve,
ya en jazmín y ya en clavel.
Ella en aquella carroza,
a quien llamó Currus Dei
David, triunfante salió
aquesta mañana, y él
en el valiente caballo
sobre quien le vio Ezequiel
coronado Sabaoth

los ejércitos vencer.
Las damas que la acompañan,
bellas cuanto pueden ser,
son Virtudes: la Esperanza,
la Caridad y la Fe;
lugares toman con ellas
hoy los galanes, en quien
mezclar el ingenio sabe
lo galán y lo cortés.
Estos los sentidos son
humanos del hombre; y pues
ya tú sabes que es su hechura,
que es lo mismo que saber
que es su privado, y alcaide
desde el primero vergel
de este jardín real, y en fin,
que soy yo,... el paso detén,
porque ya los instrumentos
hacen señales de que
llegan; y así, despejad,
que vos no tenéis qué hacer
en este Nuevo Palacio,
que hoy es casa de placer
donde celebrar mil fiestas
el mundo verá, porque
la Ley de Gracia es la Reina,
y el Sol de Justicia el Rey.

JUDAÍSMO
¿Qué es esto que llego a oír?
¿Qué es esto que llego a ver?
¡Palacio a la Ley de Gracia!
¡Reina la Tercera Ley!,
¡y la Escrita repudiada!
Sí, que desde Asuero fiel,
en el banquete que hace,
no sin mucho acuerdo es
la Ley Escrita Bastí
y la Ley de Gracia Esther.
Mas si es general la entrada
de su Imperio a todos, ¿qué
me acobarda? Yo en su Imperio
tengo de entrarme también,
debajo de conveniencias,
y estando dentro una vez,
yo calumniaré esta obra,
sus muros derribaré,
reprobaré su edificio,
hasta que introduzga en él
la confusión de Nembroth
en la Torre de Babel. (**Vase.**)

MÚSICOS
    Abrid las puertas, abrid
    a vuestros príncipes, pues
    la Reina es la Ley de Gracia,
    y el Sol de Justicia el Rey.

REY
    Esta es, ¡oh divina esposa!,
    ésta es, ¡oh reina bella!,
    aquella fábrica, aquella
    ciudad grande y populosa
    que el águila generosa
    aun no miró atentamente,
    aquella Torre eminente
    de David, aquella escala
    que el cielo y la tierra iguala
    con la planta y con la frente.
    Monte fue de austeridades,
    ya jardín bello, que vino
    agricultor, que al camino
    venció las dificultades,
    y así, aquestas soledades,
    que desiertas y penosas
    fueron, ya cultas, ya hermosas
    están, porque labró en ellas
    quien le hizo campo de estrellas,
    quien le hizo cielo de rosas.
    Ayer breve e inculta esfera
    de unos olivares fue,
    hoy jardín de flores que
    excede a la primavera;
    tabernáculo ayer era,
    y templo es hoy inmortal;
    ayer fue mesa legal,
    hoy ara de tus altares;
    ayer campo de olivares,
    y hoy es Palacio Real.

REINA
    Rey del Austro, a cuyo pie
    sus rayos registra el día,
    porque tu gran monarquía
    término a sus rayos fue,
    pues continuamente ve
    tus provincias su arrebol,
    desde el Héspero Español
    al américo hemisferio,

y aun para alumbrar tu Imperio
mendiga rayos el sol,
misterio en el Prado ha habido,
en que hoy el Palacio vea
y que viernes el día sea
primero que a él has venido;
que si el viernes el día ha sido
de consulta, prevención
es divina en tu Pasión
oír las causas; y así,
es bien que tomes aquí
en viernes la posesión.
Entra triunfando, porque
si ésta es sombra, éste es traslado
del cielo, que figurado
en la figura se ve,
en viernes es bien que esté
la puerta abierta, y no en vano,
pues ya está el camino llano,
las consultas se prevengan
con que los Consejos vengan
hoy a besarte la mano.
Mucho del Hombre has debido
a la atención y cuidado;
con razón es tu privado,
con razón es tu valido,
puesto que tu hechura ha sido
y ocasión de que lo hicieras,
dividiendo en sus esferas,
de ese estanque ondas suaves,
ese cuarto de las aves,
y ese cuarto de las fieras.
Bien los Sentidos, que han sido
sus deudos y sus criados,
logren todos sus cuidados,
pues todos han prevenido

(Reverencia a todos al nombrarlos.)

sus riquezas: el Oído
músicas a sus enojos;
ricos, hermosos despojos
en blandos lechos el Tacto;
frutas el Gusto; el Olfato
rosas; matices los Ojos.
Y así, pues el Hombre fue
alcaide de aquel primero
jardín, más feliz espero
que hoy el cargo se le dé
de éste más feliz, porque

si allí padeció mudanza
en su privanza, hoy alcanza
el Hombre tanto favor
que ya sin aquel temor
ha de gozar tu privanza.

HOMBRE   No dudo yo que inmortal
viva, sin temer ruina,
pues que reina, Ley Divina,
hoy tu gracia celestial.
Entonces la Natural
Ley reinaba, y como fue
natural error, erré.
Mas hoy no temo desgracia,
reinando la Ley de Gracia,
de quien es trono mi fe.

REY   Porque el mundo el gozo vea,
aqueste Palacio elijo.
Todo en mí sea regocijo
y todo en él fiestas sea,
y pues la Reina desea
que honre al Hombre, criado fiel,
coronado de laurel,
hoy será el mundo testigo
que igualándole conmigo
corro parejas con él.

       Di tú, ¿qué color te agrada?
REINA   Para esa pareja, sea
encarnada la librea.

REY   Yo la sacaré encarnada,
y es la color estremada,
Reina, para la ocasión,
que si Dios y el Hombre son
parejas, bien me aconsejas,
pues sólo corren parejas
los dos en la encarnación,
pues allí iguales los dos,
porque el Infierno se asombre,
encarnado Dios es hombre
y encarnado el Hombre es Dios.
Traedme las consultas vos,
y la fiesta se aperciba.

REINA   En ti entro, fábrica altiva;
coróneme tu jardín
de las plantas de Efraín.

HOMBRE	¡Viva nuestra Reina!

TODOS	¡Viva!

MÚSICA

> Abrid las puertas, abrid
> a vuestros príncipes, pues
> la Ley de Gracia es la Reina
> y el Sol de Justicia el Rey.

(Tocan. Vanse haciendo reverencias el REY, la REINA, el HOMBRE. Los SENTIDOS la hacen a las damas y la última es la FE, que tendrá un ramillete en la mano. Están por orden y al ir pasando, habla cada uno en su lugar, y ella hace reverencia a cada uno de ellos.)

VISTA

> Fe divina, pues que yo
> fui el más noble Sentido
> del Hombre, que es el valido
> del Rey, puesto que llegó
> mi vista a los cielos, no
> me niegues la luz hermosa,
> que será suerte penosa
> que en tan heroica conquista
> le falte luz a la Vista,
> de quien ella es mariposa.
> Dadme esas flores, porque
> salga con vuestros despojos.

FE

> Si la Fe no cree a los ojos,
> ¿qué pedís, Vista, a la Fe?

TACTO

> Yo, que süave toqué
> los regalos más ufanos,
> toque rasgos soberanos
> de flores que vos lucís.

FE

> Tacto, ¿a la Fe qué pedís,
> si la Fe no cree a las manos?

OLFATO

> Yo, que de la hermosa flor
> soy el alma que respira,
> soy el aliento que inspira
> con fragrancia y con olor,
> flores tengo por favor
> de vuestro desdén ingrato;
> haré este vergel retrato
> de Sabá en perfumes bellos.

FE   Nada a la fe dais en ellos,
                       que la Fe no cree al Olfato.

GUSTO   Yo, que soy el más goloso
                       Sentido y de más placer,
                       pues sólo trato en comer
                       el manjar que es más sabroso,
                       el néctar más oloroso,
                       por esas flores que espero,
                       darte en este jardín quiero
                       en uno y otro manjar
                       la cena de Baltasar
                       y la comida de Asuero.
                       Si soy el Gusto, disgusto
                       hoy mi pretensión no os dé.

FE   No habláis, Gusto, con la Fe,
                       pues la Fe no cree al Gusto.

OÍDO   Temblar su semblante es justo,
                       y así, torpe, humilde y ciego,
                       a ofrecerme a mí no llego,
                       que a esa voz, que el labio mueve,
                       soy una estatua de nieve,
                       aunque con alma de fuego.
                       El Oído soy, que dar
                       noticia sólo he podido
                       de una voz, siendo Sentido
                       el más fácil de engañar.
                       Ve la Vista, sin dudar
                       lo que ve; huele el Olfato
                       lo que huele; toca el Tacto
                       lo que toca y gusta el Gusto
                       lo que gusta, siendo justo
                       el objeto con el trato,
                       pero lo que oye el Oído
                       sólo es un eco veloz
                       que nace de ajena voz
                       sin objeto conocido.
                       Luego bien estoy corrido,
                       pues no tienen mis errores,
                       como la Vista colores,
                       como el Tacto variedades,
                       como el Gusto suavidades,
                       ni como el Olfato olores.

FE   En esa desconfianza
                       más hallado está el amor
                       de la Fe; aqueste favor
                       solo el Oído le alcanza.

(Dale el ramillete.)

          No se rinda la esperanza
ni el temor se dé a partido;
desde hoy, humano Sentido,
serviréisme vos, porque
los favores de la Fe
sólo son para el Oído.   **(Vase.)**

OÍDO   En fin, he sido el dichoso
con la Fe.

VISTA   Siempre en amor
el menos digno al favor
ser suele el más venturoso.

OÍDO   Yo soy el más generoso
de todos y he merecido.

(Empuñan las espadas y sale el HOMBRE.)

GUSTO   El Hombre a tiempo ha salido
que, si no, tú vieras presto
cuánto te excedo.

HOMBRE   ¿Qué es esto?

(Todos contra el OÍDO.)

TODOS   Soberbias son del Oído.

HOMBRE   Yo, desde luego, las creo,
pues que todos me servís
fieles, todos me asistís
con cuidado, a mi deseo.
Dichas toco, glorias veo,
viandas, perfumes de mucho
gusto logro, y sólo lucho
con las penas del Oído,
pues él solamente ha sido
de quien mil quejas escucho.

OÍDO   ¿Cómo te puedo servir
yo apacible, si tú eres
tan severo que no quieres
lisonjas, señor, oír?
Pues si me mandas huir
de lisonjas, y me dejas
abiertas ambas orejas,

aunque tan recto has vivido,
¿no es fuerza, siendo valido,
que oigas lisonjas y quejas?

HOMBRE	Si la privanza se adquiere
a costa de quejas, no
tenga culpa de ellas yo,
y quéjese quien quisiere.
El Rey hoy decretar quiere
pretensores afligidos.
Atentos, pues, y rendidos
me asistid todos, que es ley
que el hombre sirva a su Rey
con todos cinco sentidos.

GUSTO	Pues en tanto que el Rey sale
a aqueste dosel ilustre,
permite que como torpe
Sentido esto te pregunte.
En pasadas monarquías,
fue de los tiempos costumbre
haber mudanzas. Ya vimos
que a la Escrita se reduce
la Ley Natural, la Escrita
a la de Gracia. ¿Presumes
que la de Gracia a otra Ley
ya es posible que se mude?

HOMBRE	No es posible, que del Rey
sagradas palabras tuve
de que ha de vivir eterna
esta fábrica, que hoy sube
al sol; porque aunque a la vista
de otras privanzas se funde,
no la amenaza el peligro,
porque ésta es en quien se cumplen
misterios que en otra fueron
sólo rasgos y vislumbres.
David mejor te lo diga
(así el verso se traduce):
si el Señor no edificare
la casa, en vano presume
trabajar quien la edifica;
luego de aquesto se arguye
que si los otros labraron,
-hombres a quien él no ayude-
pudieron faltar; mas ésta
que labra Él mismo, no dudes
que dure eterna, por cuanto
la edad de los cielos dure,

pues en ella fueron sombras
lo que en esotra son luces.
¿Qué piensas que significa
(si ya el misterio descubres),
allá en la Natural Ley,
el Arca, a quien se reducen
las especies, cuando el cielo
manda que a una voz se junten?
Ésta Iglesia significa,
pues cuando el Cielo procure
borrar al mundo la faz,
que hoy tan bellísima luce,
será este templo, esta casa,
la que salve y asegure
los humanos, reducidas
con justas solicitudes
todas las leyes a una,
a una todas las costumbres.
¿Qué piensas que decir quiso
(si como Vista discurres),
allá en otra Ley Escrita,
aquella Arca, en quien se encubren
una prodigiosa vara,
tabla docta y maná dulce,
cautiva antes, y después
ver cómo se restituye
al Templo de Salomón,
donde victoriosa triunfe?
Pues decir quiso esta Ley
que aunque el tiempo la atribule
con persecuciones de
tantos contrarios comunes,
en la gran Jerusalén,
sobre tronos de Querubes,
ha de sentarse, porque
de la Ley el libro incluye
el maná del Sacramento
y la vara de las Cruces.
Y así no temas en ella
mudanzas, aunque se muden
los tiempos, porque ha de estar
invicta siempre, e ilustre,
sin diluvios que la aneguen,
sin contrarios que la turben,
hasta aquel último día
que todo el orbe se ofusque
al gemido de una trompa
(¡ay de aquellos que la escuchen!)
porque a la voz temerosa
del labio que la articule,

del aliento que la inspire,
del bronce que la pronuncie,
¡se pasmará el universo
cuando en el clarín se funde,
cuando en los vientos resuene,
cuando en los montes retumbe!
Y aun entonces, y aun entonces,
aunque el orbe desahucien
iras de Dios, falleciendo
a un rayo que le supure,
a una llama que le abrase
y a un fuego que le sepulte,
permanecerá exaltada,
entre tronos y virtudes,
la Cristiana Monarquía
(nadie en el mundo lo dude),
para cuya prevención
porque los fieles se aúnen,
prevendrán la muerte al orbe
las facciones que le ocupen,
harán señales los cielos,
confundiendo la costumbre
de sus orbes, porque todo
a la admiración ayude,
a parasismos el sol
se verá entonces que luce
como antorcha que se esfuerza
más cuando más se consume,
quedando desposeído
del imperio de las luces,
porque armarán contra él
comunidades las nubes.
Consentirá que la noche
en crepúsculos lúgubres
sobre el día de su manto
los dobleces desarrugue.
No habrá viento en quien no ardientes
pájaros de fuego crucen,
cometas que un globo engendra,
rayos que una bomba escupe.
La Tierra, desheredada
de las flores que la pulen,
abrirá bocas, que siendo
para quejas, por más útil
serán sepulcros al ver
cuantos hay que los procuren.
El mar, rompiendo las leyes
a las márgenes que hoy sufre
de los que hoy son golfos verdes,
hará campañas azules,

abrasando las campañas
antes que el fuego las sulque,
porque habrá espumas que abrasen,
donde haya llamas que inunden.
Los montes será forzoso
que con la gran pesadumbre
dentro de sí se estremezcan,
y fuera de sí caduquen,
cayendo unos sobre otros,
porque sus doradas cumbres
sirvan al género humano
de tumbas y de ataúdes.
El pez, el ave y la fiera,
con prolijas inquietudes,
se harán de una parte todas,
por ser preciso que duden
su mansión, que aire, agua y tierra
al fuego que las consume
se mezclarán, y la parte
que más reservada dure,
será la patria de todos,
adonde todos se junten
(que hace la necesidad
todos los bienes comunes).
Las gentes despavoridas,
no habrá lugar que no busquen,
donde a la saña se escondan,
donde al estrago se oculten,
mas ¡ay de ellas!, que no habrá
parte que las asegure,
que desentrañado el hueco
que el mayor peñasco cubre,
del fuego será, y confusas,
sin que a razones se ajusten,
sin que a discursos se muevan
cuando afligidos discurren,
huirán del daño en el daño,
que es prevención bien inútil,
pues quien el peligro lleva
consigo, ¿para qué huye?
No habrá, en fin, mortal alguno
que a tanto horror se disculpe,
belleza que se redima,
poder que se disimule,
bruto que feroz se escape,
ave que veloz se excuse,
pez que ignorado se libre,
monte que altivo se ayude,
cristal que claro se escape,
flor que hermosa se rehúse,

porque todo, todo a un tiempo
ha de expirar. ¡Oh, no apuren
esto los mortales! ¡Oh,
no lo oigan, no lo escuchen!
Si a esperarlo no se ponen,
si a prevenirlo no acuden,
aun de imaginarlo ahora
parece que se confunde
el cielo, y que al primer caos
todo el orbe se reduce,
pues en la fábrica azul,
donde clavados se esculpen
tan bellos luceros, pues
en la tierra donde lucen
tan bellas flores, no hay
atención que no se turbe,
rosa que no se desmaye,
estrella que no se ofusque,
monte que no se estremezca,
ej que no se descoyunte,
fuente que no se retire,
planeta que no se enturbie,
porque a la imaginación
de tan grave pesadumbre,
las fieras del mundo tiemblan,
los ejes del orbe crujen.
En medio de este rigor
(¡oh, tarde lo que le cumple
al Cielo!), verás el arco
de paz, la Cruz donde triunfe
el Rey, colocado en medio
del trono, donde se juzguen
vivos y muertos, durando
todo cuanto su ser dure,
que es infinito; y así,
es justo que te asegures
que a esta fábrica de hoy
no habrá tiempos que la muden,
que es figura de la Iglesia
donde en rasgos y vislumbres
el Rey es un Dios humano,
y para que más lo apures,
él sale con las consultas;
desde aquí es bien que le escuches.

(**Sale el** REY **y el** JUDAÍSMO **que le dará al** REY **un memorial**; **tómale y se le dará
al** HOMBRE.)

JUDAÍSMO   Vuestra Majestad, Señor,
                  mire en este memorial
                  mi pretensión, advirtiendo
                  cuánto es justa.

REY   Bien está.

HOMBRE   Hoy, Señor, que es viernes, día
                  de la Cruz, Arco Triunfal
                  en que en el Nuevo Palacio
                  de la Ley de Gracia entráis,
                  en tanto que se previenen
                  fiestas, habéis de ilustrar,
                  mezclando en gobierno y galas
                  la alegría y el pesar;
                  podéis ver las pretensiones
                  de uno y otro memorial,
                  que atentos hoy en la Corte
                  a vuestro decreto están.

(Sale la REINA, **las** DAMAS **y los cinco** SENTIDOS **y pónense a un lado todos los
hombres y la** REINA **y las mujeres a otro; y en medio el** REY **y el** HOMBRE.
Saquen recado de escribir -y no se escriban decretos.)

REY   Decid.

REINA   El Rey está aquí.
                  Desde aquí podéis mirar
                  la providencia con que
                  gobierna, partiendo igual
                  con todos su poder, y
                  la justicia y la piedad.

HOMBRE   De la ciega Apostasía,
                  que es reina septentrional,
                  y que en el norte usurpadas
                  tiene al patrimonio real
                  todas las rebeldes islas
                  que boja el Britano Mar,
                  es este memorial.

REY   ¿Qué
                  pretende en él?

HOMBRE   Libertad
                  de conciencia, con que dice
                  que a vuestros pies estará
                  obediente.

REY

        Deteneos,
no le abráis, no le leáis;
las orejas al hereje
dicen que se han de cerrar.

(Tápase el OÍDO **las orejas.)**

OÍDO

Yo no les daré el oído
a las voces que ellos dan.

REINA

Ya que he llegado, Señor,
hoy a ver, hoy a escuchar
en esta audiencia el rigor
con que al hereje tratáis,
os suplico no, mi Rey,
que le oigáis ni le admitáis,
sino que piadoso y manso
le procuréis conservar
por si se enmienda de ser
rebelde a la Majestad
Católica; esto os suplico
de rodillas.

REY

        Levantad.

GUSTO

La Reina pide por él

TACTO

Si es la Iglesia, claro está.

REY

A mi Consejo de Guerra
remitid el memorial,
y si las armas no pueden
su soberbia sujetar,
no sean vasallos míos,
que reinar no quiero en paz
en islas sin fe, porque
reinar sin fe no es reinar.

HOMBRE

Este memorial, Señor,
es de la Gentilidad.

REY

No vea yo sus errores.

(Tápase la VISTA **los ojos.)**

VISTA

Ya por mí no los verás.

CARIDAD   Esta pretensión, Señor,
                 obra es de la Caridad;
                 que los escuches te ruego
                 de rodillas.

REY   Levantad.
                 ¿Qué pretende?

HOMBRE   Que el Oriente,
                 donde coronada está,
                 idolatrando la luz
                 del sol, hermosa deidad,
                 conquistes.

REY   Para conquistas
                 de remotas gentes, ya
                 se tremoló el estandarte
                 de Santa Cruz en el mar.

HOMBRE   Aqueste es el Occidente,
                 donde apenas gentes hay
                 que tengan luz de ella, y
                 aun sin ley alguna están.

REY   Pues rompedle, no toquemos
                 su confusa ceguedad.

TACTO   No la tocarás, que yo
                 las manos volveré atrás.

(Vuelve el TACTO atrás las manos.)

ESPERANZA   Yo que he sido su esperanza
                 y la doy de que podrán
                 catequizarse algún día,
                 no los trates con crueldad,
                 esto a tus plantas te ruego
                 de rodillas.

REY   Levantad.
                 ¿Qué me piden?

HOMBRE   El bautismo.

REY   Pues religiosos irán
                 a rubricarles la fe
                 con su púrpura y coral.

HOMBRE   Este es del moro, que guarda
                 las leyes de su Alcorán.

REY   ¿Ya no sabéis que no gusto
                 de su pretensión?

GUSTO   ¿Hay más
                 de quitarme yo de aquí?

FE   La Fe, que se ha de ensalzar
                 cuando el orbe sea un rebaño
                 con sólo un pastor no más,
                 que los conserves te pide
                 de rodillas.

REY   Levantad.
                 ¿Qué piden?

HOMBRE   Que África tenga
                 cristianos puertos de mar.

REY   Pues de África se presidien
                 hoy la Mamora y Orán.

HOMBRE   El Judaísmo es aqueste.

JUDAÍSMO   Aqueste es mi memorial;
                 Aparte mas que intercedan por él
                 todos cuantos aquí están.

REY   ¿Qué pretende el Judaísmo?

HOMBRE   En tus reinos asentar
                 sus comercios, con que pueda
                 hoy tratar y contratar
                 con las más remotas islas.

REY   ¿Y en mi reino han de dejar
                 su Ley?

HOMBRE   No, Señor; en ella
                 han de vivir y han de estar
                 como están en otras partes
                 admitidos.

REY   No, no más;
                 ese memorial romped,
                 que en mi reino no han de estar
                 judíos, donde la Fe
                 ha puesto su tribunal;

	porque no será razón ni política será dar sagrado al reo, dando autoridad al fiscal.
HOMBRE	¿Ninguno pide por él?
TODOS	No.
REY	Pues romped el memorial.
JUDAÍSMO	A la Reina y las Virtudes ¿Por qué apacible con todos y cruel conmigo estás?
REINA	Porque en mi amparo el judío solo no tiene lugar. **(Vase.)**
ESPERANZA	Ni en mi esperanza consuelo. **(Vase.)**
CARIDAD	Ni alivio en mi caridad. **(Vase.)**
REY	En átomos dividido a los vientos le arrojad.

(Vase. Rompe el HOMBRE el memorial.)

JUDAÍSMO	No le rompas, no le arrojes.

(Vase, arrojándole.)

HOMBRE	¿Cómo no, si ya lo está?
VISTA	A las plantas de la Fe fueron sus partes a dar. **(Vase.)**
FE	Vienen a mí, porque saben que soy yo su tribunal. **(Vase.)**
GUSTO	Testigo de la Ley Vieja, ¿tenéis algo que prestar a logro? Pero, ¿qué os pido a vos, si cristianos hay que... mas callemos, que hoy no es día de murmurar.

(Vanse todos, y queda el JUDAÍSMO solo.)

JUDAÍSMO
¿Qué es lo que pasa por mí?
¿Ninguno en desdicha igual
por mí intercede? ¿Qué es esto?
¿Hay más desdichas? ¿Hay más
desconsuelos? ¿Hay más penas,
más tormentos, más pesar?
¡Que tenga la apostasía,
que halle la gentilidad,
el catecúmeno, el moro,
alivio, consuelo y paz
en las Consultas del Viernes
y sólo a mí (¡estoy mortal!)
me falta (¡ay de mí, ay de mí!)
de la Iglesia la piedad,
la intercesión de la Fe,
la Esperanza y Caridad!
Pero, ¿cómo en viernes, cómo
en viernes pretendo hallar
patria ni morada, si
de él nació mi orfanidad,
por quien extranjero siempre,
peregrino sin cesar
las montañas de la tierra
y los piélagos del mar?

(Tocan chirimías y música dentro.)

Y para que más me aflija,
para que me angustie más,
ya nuevas fiestas celebran
su alegría y mi pesar.
Las fieras, que desatadas
hoy por todo el mundo están
contra el hombre, reducidas
encierra severo ya
en el abismo, de donde
no se han de poder soltar
sin la licencia del Rey
que el encierro viendo está
detrás de un cancel de vidrio
de un purísimo cristal,
que es el vientre de María,
adonde mancha no hay,
que aun no sacó de la tierra
un vapor original;
y es bien que en este viril
se deje a todos mirar
el día que de encarnado
la librea al hombre da,

porque es fiesta de un día mismo,
de un mismo tiempo es solaz
el encerrarle las fieras
al hombre, y el encarnar;
y así ha asistido al encierro
de ellas, detrás de un cristal.
Ya los Consejos por orden
tomando sus puestos van,
que todos sus cuartos tienen
labrados; sólo no hay,
sino dentro de mi pecho,
para mis penas lugar,
ni aun dentro de él, porque ciego
este Etna, este volcán
me está penetrando el alma.
¡Oh quién pudiera sembrar
hoy en la plaza el horror
de los campos de Senar!
Mas en el circo entraré,
pues soy fiera.

(Va a entrar y le sale al paso la FE.)

FE   ¿Dónde vas?

JUDAÍSMO   Voy de cólera lleno,
áspid alimentado de veneno,
a poner a esa fábrica, a esa casa
el intrépido fuego que me abrasa,
ardiendo lentamente.

FE   No entres aquí, detente,
que si entrar determinas
a pesar de la fe, a tu fin caminas,
pues no tienes licencia
del Rey para vivir en su presencia.

JUDAÍSMO   ¿Cómo, siendo la dama
que la Reina más quiere y que más ama,
Fe, faltas a la fiesta?

FE   Porque en ella
no he menester estar para sabella,
que soy la Fe, y más creo
a lo que escucho yo que a lo que veo.

JUDAÍSMO   Pues dime, ya que puedo desde afuera
sólo ver ese circo, breve esfera
de tanta gente, el modo
con que a la fiesta se previene todo,

que si todo misterio significa,
quiero saber cómo el ingenio aplica
las circunstancias que ya voy notando.

FE

Yo te responderé, ve preguntando,
porque has de hallar en el cristiano imperio,
hoy en todo, alegórico misterio.

(JUDAÍSMO **mirando hacia dentro**.)

¿Quién está en aquel dosel,
coronado de luceros
y de estrellas que le ilustran?

FE

La Reina está, porque asiento
es y escabel de sus plantas
la azul campaña del Cielo,
y estrado suyo el Empíreo.
David lo dijo en un verso.

JUDAÍSMO

¿Quién es aquel bello infante?

FE

El Príncipe, su heredero,
que como es la Gracia, y tiene
guardado un tesoro inmenso
para el que fuere su Hijo,
pronunciándole en caldeo,
Baltasar se llama, que es
decir tesoro encubierto.

JUDAÍSMO

Dime, ¿qué Consejo es este?

FE

Es el Supremo Consejo.

JUDAÍSMO

¿Y quién le preside?

FE

Pablo,
que pues se entiende, en diciendo
«El Apóstol», Pablo, así
por antonomasia, es cierto
que en diciendo «El Presidente»
se entiende que es del Supremo.

JUDAÍSMO

¿Este que tiene en las orlas
dos columnas por trofeo,
con *Et Plus Ultra*?

FE   Es de Indias.

JUDAÍSMO   ¿Quién le gobierna?

[FE]   Mateo,
                            que las Indias conquistando,
                            dio luz a etíopes negros.

JUDAÍSMO   ¿Cruces de varios colores
                            tienen por empresas éstos?

FE   Los de las Órdenes son.

JUDAÍSMO   ¿Y quién los preside?

FE   Pedro
                            hoy de las Órdenes es
                            Presidente, pues que vemos
                            que rige a los señalados
                            con la Cruz del Evangelio.

JUDAÍSMO   ¿Este?

FE   El Consejo es de Guerra.

JUDAÍSMO   ¿Y quién le gobierna?

FE   Diego,
                            a quien tantas veces vimos
                            armado en socorro nuestro.

JUDAÍSMO   Este que espadas y olivas
                            junta en contrarios efectos,
                            pues significa en dos brazos
                            rigor y piedad a un tiempo,
                            ¿quién es?

FE   Es la Inquisición.

JUDAÍSMO   De sólo escucharlo tiemblo.

FE   Su Presidente es Andrés,
                            pues el cristiano primero
                            fue de la Iglesia; y así,
                            con sus dos aspados leños,
                            los sospechosos cristianos
                            se marcan por conocerlos.
                            De Hacienda y Cuentas es este
                            Tribunal.

JUDAÍSMO   Y en su gobierno
                                ¿quién está?

FE   Felipe, que él
                                contó aquel número inmenso
                                del desierto, para darles
                                en cinco panes sustento.
                                Del de la Cámara es Juan,
                                pues recostado en el pecho,
                                supo en sueños de su Rey
                                los más sagrados secretos.

JUDAÍSMO   ¿Quién es esta multitud
                                que ahora se sigue?

FE   El Reino.

JUDAÍSMO   ¿Quién son sus procuradores?

FE   Son los ángeles, pues ellos,
                                por el Reino de la Gloria
                                son procuradores nuestros.

JUDAÍSMO   ¿Y éste que se sigue?

FE   Este es,

(Tocan.)

                                ...mas proseguir no puedo,
                                que los templados clarines,
                                dulces pájaros de acero
                                que a sus voces desafían
                                los ruiseñores del viento,
                                dicen que ya ha entrado el Rey
                                en el coronado cerco
                                del mundo, a correr parejas
                                con el Hombre, pues es cierto

(Pasan de un lado a otro los dos, lo más conformemente vestidos que se pueda, de encarnado.)

                                que al entrar él en el mundo,
                                los dos parejas corrieron.
                                ¡Qué galán viene! ¡Qué airoso!
                                ¡Qué gallardo! ¡Qué bien puesto!
                                Ezequiel mejor lo diga,
                                que fue quien le vio primero
                                sobre el caballo templar
                                los alacranes del freno.

JUDAÍSMO
¡Qué iguales pasan los dos,
qué conformes, qué parejos,
la carrera de la vida!
Apenas, apenas puedo
distinguir a Dios, o al Hombre.

FE
No te admires mucho de eso,
que el Demonio aún no sabrá
si es Dios u hombre en el desierto.

JUDAÍSMO
El asta se le ha caído
de la mano.

FE
Ese es misterio,
que como viene de paz
desechó el herrado fresno.
«Paz sea al hombre en la tierra,
y gloria a Dios en el Cielo»,
dijo el pregón; luego está
de más en él el acero,
y le echó al ver a la Reina,
en señal de rendimiento.

JUDAÍSMO
(**Mirando dentro**.)
¿Quién son aquellas cuadrillas,
que a tropas le van siguiendo?

FE
Son los Grandes de su Corte,
los títulos de su Imperio.
La Villa, que significa
de la república el cuerpo,
la primera es que le sigue,
porque esta es la voz del pueblo,
que fue siguiendo sus pasos,
su grandeza conociendo.
El Almirante del Mar,
Noé, digo, pues venciendo
las ondas con el tridente,
fue señor de su elemento,
es aquél; el gran Dionisio
de Areópago es el que luego
se sigue, señor de Niebla,
pues al ver la niebla, el ceño
de un eclipse, conoció
la causa por el efecto.
Peña Aranda, que decir
quiere en sentido bien cierto
que es peña que se ha de arar
es Moisés, con causa, puesto
que él aró las peñas, pues

cogió el fruto en el desierto.
El de las Torres, David,
es el que lleva otro puesto.
Y si quieres ver en cuanto
hay alegoría, hay misterio,
un Condestable ha corrido
y otro no, que fuera exceso
que viéramos dos estables,
adonde un Rey solo vemos,
que siendo el estable él solo,
de justicia y de derecho,
por no oponérsele dos,
enfermó uno de respeto.
Y porque no pienses ya
que han acabado con esto
las fiestas, para un certamen,
adonde corra el ingenio
lanzas, se previenen; bien
la lid con un lugar pruebo
de San Pablo, pues él dijo
(guerra haciendo el argumento)
que ganará el que lidiare
legítimamente el premio.
Y así, en místico sentido
y alegórico concepto,
siendo las lanzas las voces,
y la sortija un pequeño
círculo breve, en que está
cifrado el mayor secreto,
correrán hoy en las tablas,
que son las gradas del Templo.

(Ábrense las dos columnas.)

Mira sobre dos columnas
el blanco signo suspenso:
círculo redondo es,
sin fin ni principio hecho;
dichoso el que le llevare
pues podrá feriar el precio
a la dama que sirviere
en Palacio, a quien ya vemos,
que sobre diez miradores,
a ver a los caballeros
salen con la Reina, bien
así como de luceros
sale ceñida la aurora
cuando a los dulces acentos
de los pájaros, despierta
enredados los cabellos

de las lágrimas que llora,
que así el Esposo en sus versos
la celebrará, cantando
himnos de dulzura llenos.

(A un tiempo suben las DAMAS **al Mirador y van tomando de los nichos uno y dejando otro, de manera que quede uno en blanco, y si mejor pareciere, toman los cuatro de delante y después se irán entreverando con los hombres; y el otro carro se abre con las barandillas, y el que subiere ha de ser por una y bajar por otra, representando lo que fuere señalado debajo de la Forma que a manera de sortija estará pendiente de dos columnas.)**

JUDAÍSMO

¡Oh purpúreo clavel! ¡Oh blanco azahar!
¡Luciente rosa! ¡Cándido jazmín,
que sobre dos columnas de un altar,
que entre las varias flores de un jardín,
jeroglífico eres singular,
pues que no constas de principio y fin!
¿Quién eres, que te miro y no lo sé,
porque a la Fe he escuchado sin la Fe?
¿Eres aquel maná que dio neutral
a la sed y a la hambre la sazón?
¿Eres aquel rocío celestial
conservado en la piel de Gedeón?
¿Eres aquel suavísimo panal
que colmena a la boca del león
hizo? Que yo decirlo no podré,
porque a la Fe he escuchado sin la Fe.
¿Eres la luz que en dos columnas ya
iluminar humanos ojos ven?
¿Eres la fruta que pendiente está
del árbol que enseñó del mal y el bien?
¿Eres el áspid que salud nos dio
colgado de la vara de Moisén?
Que yo lo dudo ahora, aunque lo sé,
porque a la Fe he escuchado sin la Fe.
Mas ya seas la flor de Jericó,
ya seas de los valles el clavel,
blanco maná que el Cielo nos llovió,
blando rocío que mojó la piel,
áspid pendiente, llama que alumbró,
fruta vedada, derretida miel,
yo no te alcanzo ni tu enigma sé,
porque a la Fe he escuchado sin la Fe.
Y así, corra a tu blanco singular
el que pueda su precio conseguir,
que yo siempre tu ser he de dudar,
que nunca he yo tu luz de percibir,

porque la Hostia no eres de mi altar,
porque no eres el sol de mi nadir,
porque tu oscura cifra no alcancé,
porque a la Fe he escuchado sin la Fe.

(Tocan todos los instrumentos músicos, chirimías y ataballillas, cajas y trompetas, y salen coronados con hojas todos, y lanzas, como de ristre, al compás del clarín; y en alto como se ha dicho están la REINA **y las** DAMAS; **y el** REY **y el** HOMBRE **iguales con vestidos encarnados, los más conformes que se pueda.)**

REINA   Ya para las fiestas reales,
                                certamen que hace el ingenio
                                a imitación del valor,
                                porque aquí es todo uno mesmo,
                                en la plaza ha entrado el Rey,
                                que es el mantenedor, puesto
                                que ha de mantener a todos
                                con el manjar de los Cielos.
                                El Hombre no ha de correr
                                hoy con él a este misterio,
                                que si no es que el Rey le ordene
                                que corra, no puede hacerlo;
                                y así, hasta estar ordenado,
                                solamente ha de estar viendo,
                                como juez, tras sus Sentidos,
                                que son los aventureros.

(Tocan.)

VISTA   Mas ya el cartel se publica;
                                escuchad a sus acentos.

(Ataballillo y clarín, y luego canta Borja.)

MÚSICA   En esta justa real,
                                donde es sortija aquel cerco,
                                el que legítimamente
                                lidiare, llevará el premio.

REY   El que legítimamente
                                lidiare, llevará el premio,
                                es condición del cartel,
                                y así la carrera empiezo.
                                Esta blanca Forma, este
                                círculo breve y pequeño,
                                capaz esfera es de cuanto
                                contiene hoy la tierra y cielo.
                                Blanco pan fue; pero ya,
                                transustanciado en mí mesmo,

no es pan, sus especies sí,
porque este sólo es mi cuerpo.

(Desaparécese la forma y queda el REY **en su lugar.)**

HOMBRE

Que aquél es su cuerpo, dijo,
y quedando él en el puesto
desapareció la Forma.

FE

Sí, que estar él es lo mesmo.

(Va bajando al mismo tiempo que el REY **va bajando la Forma, volviéndose a ver en su lugar como antes.)**

GUSTO

La sortija se ha llevado,
puesto que ya no la vemos.

VISTA

Sí vemos, pues al quitarse
él, a su lugar ha vuelto.

HOMBRE

El premio es tuyo; esta Cruz,
que es de innumerable precio,
has ganado.

REY

        Pues yo proprio
a la Reina se la llevo. **(Vase.)**

GUSTO

Yo le sigo, a ver si yo
también en el blanco acierto.

(Sube el GUSTO **y pónese debajo como se ha dicho.)**

Este pan, que dijo que era
el Rey ahora su cuerpo,
pan es de Melchisedec,
no carne viva, supuesto
que yo pan gusto, no más.

HOMBRE

El gusto ha perdido el premio.

(Bájase [el GUSTO**].)**

REINA

Sí, pues perdió por lo bajo
la fuerza de su argumento.

(Sube el OLFATO.**)**

OLFATO

Este es pan, no hay carne aquí,
pues pan solamente huelo.

(**Bájase el** OLFATO.)

FE

También ha errado el Olfato,
por lo bajo, su concepto.

REINA

Siempre el Olfato y el Gusto
por un término corrieron.

(**Sube el** TACTO.)

TACTO

Yo, pasando la carrera,
a mis acciones atento,
y creyendo a mi sentido,
porque a otra cosa no creo,
digo que es pan el que toco,
y no hay humano sujeto
que estar pueda en dos lugares,
siendo cuerpo, a un mismo tiempo.

(**Bájase el** TACTO.)

HOMBRE

El Tacto tocó la Forma,
mas no la llevó, que avieso
fue el golpe.

(**Sube la** VISTA.)

VISTA

 De águila yo
perspicaz la vista tengo,
y solo el blanco color
de la Forma es lo que veo.

(**Bájase la** VISTA.)

FE

La Vista, aunque erró por alto,
no alcanzó a ver el misterio.

OÍDO

Yo que oí que dijo el Rey
que esta Forma era su cuerpo,
y rindiendo la razón
por la Fe, a quien galanteo,
digo que mintiendo el Gusto,
y que el Olfato mintiendo,
la Vista y el Tacto, aquí,
debajo de aqueste velo
(que son especies de pan),
está consagrado el cuerpo
de Dios, y que por la FE
de esta manera lo entiendo,
que yo no he menester más
de oírlo para creerlo.

| FE | El Oído le ha llevado |

| REINA | ¡Cuánto, oh Fe, te huelgas de esto! |

(Desaparece la Forma otra vez.)

| HOMBRE | El que legítimamente
ha lidiado lleve el premio,
que es esta Copa dorada. |

| OÍDO | Pues yo a la Fe se la ofrezco. |

| FE | Yo la recibo, y el Cáliz
será desde hoy mi trofeo. |

| HOMBRE | Y todos por el Oído
nuestra razón cautivemos. |

| GUSTO | ¿Yo no gusto lo que gusto? |

| VISTA | ¿Yo no veo lo que veo? |

| TACTO | ¿Yo no toco lo que toco? |

| OLFATO | ¿Yo no huelo lo que huelo? |

| HOMBRE | Vamos a dejar al Rey
en su cuarto. |

| VISTA | Vamos presto.
Mas, ¿dónde está? |

(Cae la Torrecilla del Estanque habiendo subido ya los músicos, de suerte que, puestos un hombre y una mujer, queden haciendo labor en los nichos todos alrededor, y el REY en medio en la elevación.)

| HOMBRE | Subid todos
a buscarle. |

| VISTA | No le encuentro. |

| REINA | ¿Dónde se habrá retirado,
que de las fiestas saliendo
no parece? |

(Ábrese la torre y vese el REY con la Cruz en la elevación.)

REY

         Con la Cruz
que traigo, Esposa, no puedo
llegar antes a tus brazos;
en ella, ¡oh Reina! te ofrezco
todo el precio que he ganado,
porque es infinito el precio
de esta Cruz, que es el tesoro
de mis siete Sacramentos.
Y así, en esta fuente, que es
la fuente del mar inmenso
donde corren aguas vivas
los manantiales del pecho,
me retiré a descansar.

(Vase apareciendo la Forma.)

REINA

Y ya tus rayos saliendo,
se desvanecen las sombras,
porque en tu ausencia cubiertos
los horizontes del mundo
con negras alas tuvieron.

REY

Pues no os aflija mi ausencia,
porque yo nunca me ausento,
que en ese breve Retiro
del Pan constante me quedo
para siempre en cuerpo y alma,
de la forma que en el Cielo
estoy, ocupando iguales
dos lugares en un tiempo,
porque así la Ley de Gracia
me tenga siempre en el Nuevo
Palacio del Buen Retiro,
que es la fábrica del Templo
que del Testamento Antiguo,
que fue aquel campo desierto,
en Nuevo Palacio pasa
a ser Nuevo Testamento.

REINA

Celebrad todos el día
de tan alto Sacramento.

MÚSICA

Oíd, mortales, oíd:
ya el Nuevo Palacio es
Palacio del Buen Retiro,
adonde se abrevia el Rey;
el Rey, en quien convinieron,
o por su esposa, o por él,
los dos misteriosos nombres
de Felipe y de Isabel.

HOMBRE

Yo, que el más interesado
soy en ver el cumplimiento
que alcanzó la Ley Escrita
sólo en sombras y en bosquejos,
viendo que la Ley de Gracia
tiene ya Palacio Nuevo,
en albricias os suplico
que le perdonéis los yerros
a quien en la alegoría
que no ha alcanzado su ingenio,
os quiso representar,
llevado de sus afectos,
el Auto del Buen Retiro.
Que le perdonéis, os ruego,
el no ser más entendido,
por ser tan criado vuestro.

(Tocan las chirimías y se da fin al Auto.)